LUPITA'S FIRST DANCE
EL PRIMER BAILE DE LUPITA

By/Por
Lupe Ruiz-Flores

Illustrations by/Ilustraciones de
Gabhor Utomo

Spanish translation by / Traducción al español de
Gabriela Baeza Ventura

Piñata Books
Arte Público Press
Houston, Texas

Publication of *Lupita's First Dance* is funded by a grant from the City of Houston through the Houston Arts Alliance. We are grateful for their support.

Esta edición de *El primer baile de Lupita* ha sido subvencionada por la Ciudad de Houston por medio del Houston Arts Alliance. Les agradecemos su apoyo.

Piñata Books are full of surprises!
¡Piñata Books están llenos de sorpresas!

Piñata Books
An Imprint of Arte Público Press
University of Houston
4902 Gulf Fwy, Bldg 19, Rm 100
Houston, Texas 77204-2004

Cover design by / Diseño de la portada por Bryan Dechter

Ruiz-Flores, Lupe.
    Lupita's first dance / by Lupe Ruiz-Flores ; illustrations by Gabhor Utomo = El primer baile de Lupita / por Lupe Ruiz-Flores ; ilustraciones de Gabhor Utomo ; Spanish translation by Gabriela Baeza Ventura.
        p.   cm.
    Summary: Lupita is excited about dancing La Raspa, a Mexican folk dance, with her first-grade class at a celebration of Children's Day, el Día del Niño, but just before the performance her partner, Ernesto, sprains his ankle.
        ISBN 978-1-55885-772-8 (alk. paper)
    [1. Folk dancing—Fiction. 2. Children's Day—Fiction. 3. Spanish language materials—Bilingual.] I. Utomo, Gabhor, illustrator. II. Ventura, Gabriela Baeza. III. Title. IV. Title: Primer baile de Lupita.
PZ73.R8297 2013
[E]—dc23
                                                                                                    2013007943
                                                                                                    CIP

∞ The paper used in this publication meets the requirements of the American National Standard for Permanence of Paper for Printed Library Materials Z39.48-1984.

Printed in China by Creative Printing USA Inc.
May 2013–August 2013
12 11 10 9 8 7 6 5 4 3 2 1

To my niece, Judith (Nina), who inspired this story.
—LRF

To my daughters, Aimee and Emma.
—GU

Para mi sobrina, Judith (Nina), que inspiró esta historia.
–LRF

Para mis hijas, Aimee y Emma.
–GU

Lupita listened intently as her first-grade teacher, Mrs. López, said, "Our school is having a program for students and parents to celebrate Children's Day. And, our class will be performing 'La Raspa' dance in the auditorium."

"Hurray!" the class yelled. "But what's that?"

Lupita escuchó atentamente a Señora López, la maestra de primer año, decir —Nuestra escuela va a tener un programa para estudiantes y padres para celebrar el Día del Niño. Y nuestra clase bailará "La Raspa" en el auditorio.

—¡Bravo! —gritó el curso—. ¿Pero qué es eso?

"'La Raspa' is a Mexican folk dance that's a lot of fun," Mrs. López said.

Lupita nodded. She had danced La Raspa many times with her cousins at birthday parties. This time was different. She would be dancing in front of many people, including her own family. She was excited.

Day after day, Lupita and her classmates rehearsed while Mrs. López played the music on her CD player. The teacher paired boys and girls. Lupita's partner was Ernesto.

—"La Raspa" es un baile tradicional mexicano y es muy divertido —dijo Señora López.

Lupita asintió. Había bailado "La Raspa" muchas veces con sus primos en las fiestas de cumpleaños. Pero ahora era distinto. Esta vez bailaría enfrente de muchas personas, incluso de su propia familia. Estaba muy entusiasmada.

Día tras día, Lupita y sus compañeros ensayaron mientras Señora López tocaba la música en su porta CDs. La maestra formó parejas con los niños y a Lupita le tocó bailar con Ernesto.

Mrs. López sent home instructions for the costumes. The boys were to wear white shirts, dark pants and red sashes around their waists. The girls would wear red ribbons in their hair, a white blouse and a skirt with blue, red, yellow and green ribbons. Lupita's mother cut out the material and sewed the ribbons onto the skirt.

"Try it on," Mami said once it was finished.

Señora López mandó a casa las instrucciones para los trajes. Los niños llevarían camisas blancas, pantalones oscuros y una banda roja en la cintura. Las niñas llevarían listones rojos en el cabello, blusas blancas y una falda con listones azules, rojos, amarillos y verdes. La mamá de Lupita cortó la tela y cosió los listones en la falda.

—Pruébatela —dijo Mami cuando terminó de coserla.

Lupita put on the costume and felt like a real dancer, swooping up the skirt by the hem and dancing across the living room. She twirled and swished the skirt so that the ribbons rippled in rainbow colors like a brilliant butterfly spreading its wings. Lupita could hardly wait for the big day, to dance and show off her beautiful costume.

Lupita se puso la ropa y se sintió como una verdadera bailarina al tomar la falda por la bastilla y bailar por toda la sala. Dio vueltas y agitó la falda para que los listones ondearan en un arcoiris de colores como una brillante mariposa abriendo sus alas. Lupita apenas si podía esperar hasta el gran día para bailar y mostrar su lindo traje.

And now the day was finally here. But where was Ernesto? Lupita stood backstage, peeking from behind the blue, velvet curtain, anxiously waiting for her dancing partner to show up. The school auditorium was packed. Her family sat in the front row.

The other dancers also waited excitedly.

"All of you look very nice," Mrs. López said. She saw Lupita standing alone and asked, "where's Ernesto? Have you seen him yet?"

Lupita shook her head.

Y ahora por fin había llegado el día. Pero, ¿dónde estaba Ernesto? Lupita estaba detrás del escenario, asomándose por el telón de terciopelo azul, esperando ansiosamente que apareciera su pareja de baile. El auditorio de la escuela estaba lleno. Su familia estaba sentada en la primera fila.

Los demás bailarines también esperaban muy emocionados.

—Todos lucen muy bien —dijo Señora López. Vio que Lupita estaba sola y le preguntó— ¿dónde está Ernesto? ¿Lo has visto?

Lupita negó con la cabeza.

The librarian gestured to Mrs. López that she had a phone call in her office. Meanwhile, Lupita peeked out from behind the curtain again. She still saw no sign of Ernesto.

Mrs. López returned from the librarian's office, put her arm around Lupita's shoulder and said, "Lupita, Ernesto's mother just called. He tripped on the way home from school and sprained his ankle. He won't be dancing tonight. You don't have a partner. I'm so sorry."

Lupita gulped.

La bibliotecaria le hizo una seña a Señora López para indicarle que tenía una llamada en su oficina. Mientras tanto, Lupita se volvió a asomar por el telón. Aún no había señas de Ernesto.

Señora López regresó de la oficina de la bibliotecaria, pasó un brazo por los hombros de Lupita y dijo—, la mamá de Ernesto acaba de llamar. Ernesto se tropezó camino a casa y se torció el tobillo. No va a poder bailar esta tarde. No tienes pareja. Lo siento mucho.

Lupita tragó saliva.

"I don't expect you to dance without a partner. You may want to join your parents in the audience and watch from there," Mrs. López said, hugging her before rushing back to the dancers already lined up behind the curtain.

—Me imagino que no querrás bailar sin pareja. Quizás quieras ir a sentarte con tus papás y mirar desde allá —dijo Señora López, y le dio un abrazo antes de irse con los bailarines que ya estaban en fila detrás del telón.

Lupita was so sad. Tears spilled down her cheeks. For weeks she'd been practicing for this day. She looked down at her beautiful skirt. She reached up to touch the silky ribbons in her hair. Mami wouldn't get to see her dance in her new costume.

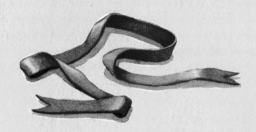

Lupita estaba tan triste. Las lágrimas corrían por sus mejillas. Había estado ensayando semanas para este día. Miró su linda falda. Levantó la mano para tocar los sedosos listones en su cabello. Mami no la vería bailar en su traje nuevo.

The music started. The curtain went up. The girls started dancing, whirling around, linking arms with the boys as they spun around the stage.

Lupita stared at the empty space where she and Ernesto should have been dancing. Without thinking, she dashed onto the stage. The audience gasped. Standing to the side, Mrs. López's eyes got wide and her mouth fell open.

La música empezó. El telón se levantó. Las niñas empezaron a bailar, dando vueltas, enlazando los brazos con los niños mientras giraban alrededor del escenario.

Lupita vio el espacio vacío en donde ella y Ernesto tendrían que haber estado bailando. Sin pensarlo, corrió al escenario. El público quedó con la boca abierta. Señora López, quien estaba parada a un lado, abrió los ojos bien grandes y también quedó boquiabierta.

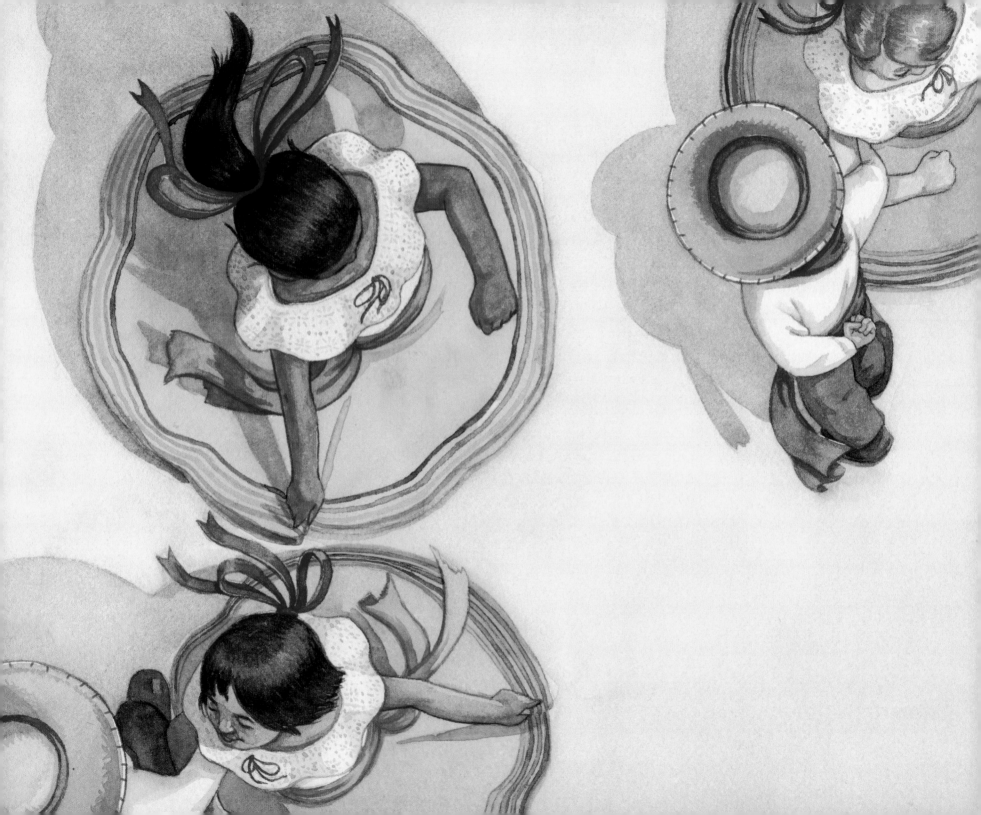

The other children looked surprised but kept on dancing. Lupita got in step with them. She twirled and spun around holding her arms out to an imaginary partner. The crowd roared with laughter. Lupita's face got hot with embarrassment. She almost ran off the stage. Then she saw Mami in the audience. She was clapping and smiling.

Los demás niños estaban sorprendidos pero siguieron bailando. Lupita siguió los pasos. Dio vueltas y giros tomada de los brazos de su pareja imaginaria. El público rio a carcajadas. Lupita se sonrojó con la vergüenza. Estuvo a punto de salir corriendo. Pero vio a Mami en el público. Estaba aplaudiendo y sonriendo.

Lupita kept on dancing. The stage lights dimmed except for the spotlight that shone on her as if she were the only one there. She got lost in the music, dancing across the stage, swishing her skirt and swaying her body to the rhythm. The music stopped, but Lupita danced on, imagining the audience cheering her on and showering her with dozens of roses.

Lupita continuó bailando. Las luces se fueron atenuando excepto por el foco que brillaba sobre ella como si fuera la única bailarina. Después se perdió en la música, bailando a través del escenario, agitando su falda y moviendo su cuerpo al ritmo de la música. La canción se acabó, pero Lupita siguió bailando, imaginando que el público la aplaudía y le tiraba docenas de rosas.

Lupita would have kept on dancing in her imaginary world had she not seen her classmates bowing before the audience. She blinked. Was it over? There was thunderous applause. The boys bowed and the girls curtsied. And Lupita curtsied with the rest of the girls.

Lupita habría seguido bailando en su mundo imaginario si no hubiera visto a sus compañeros saludando al público. Parpadeó. ¿Ya terminó? Escuchó un aplauso estruendoso. Los niños saludaron y las niñas hicieron reverencias. Lupita hizo una reverencia con ellas.

The curtain came down. Mrs. López came running and hugged all the dancers. Then she smiled at Lupita. "You were very brave tonight."

"Thank you," Lupita said shyly.

Lupita joined her family. Papá gave her a single rose wrapped in green tissue paper and tied with a red bow. "You are a star," he said, winking. Her mother gave her a big hug. And that was enough for her!

Bajó el telón. Señora López corrió y abrazó a todos los bailarines. Después le sonrió a Lupita. —Fuiste muy valiente esta noche.

—Gracias —dijo Lupita con timidez.

Lupita se reunió con su familia. Papá le entregó una rosa envuelta en papel de seda verde atada con un listón rojo. —Eres una estrella —le dijo, y le giñó un ojo. Su mamá le dio un fuerte abrazo. ¡Y eso era todo lo que necesitaba!

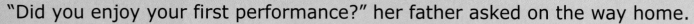

"Did you enjoy your first performance?" her father asked on the way home.

"It was great, Papá. First the spotlight came on and then the people gave me lots of flowers and . . ."

"*Ay*, Lupita," her father said, chuckling, "you have such a great imagination!"

Lupita closed her eyes and clutched the sweet-smelling rose close to her heart. She would never forget her first dance.

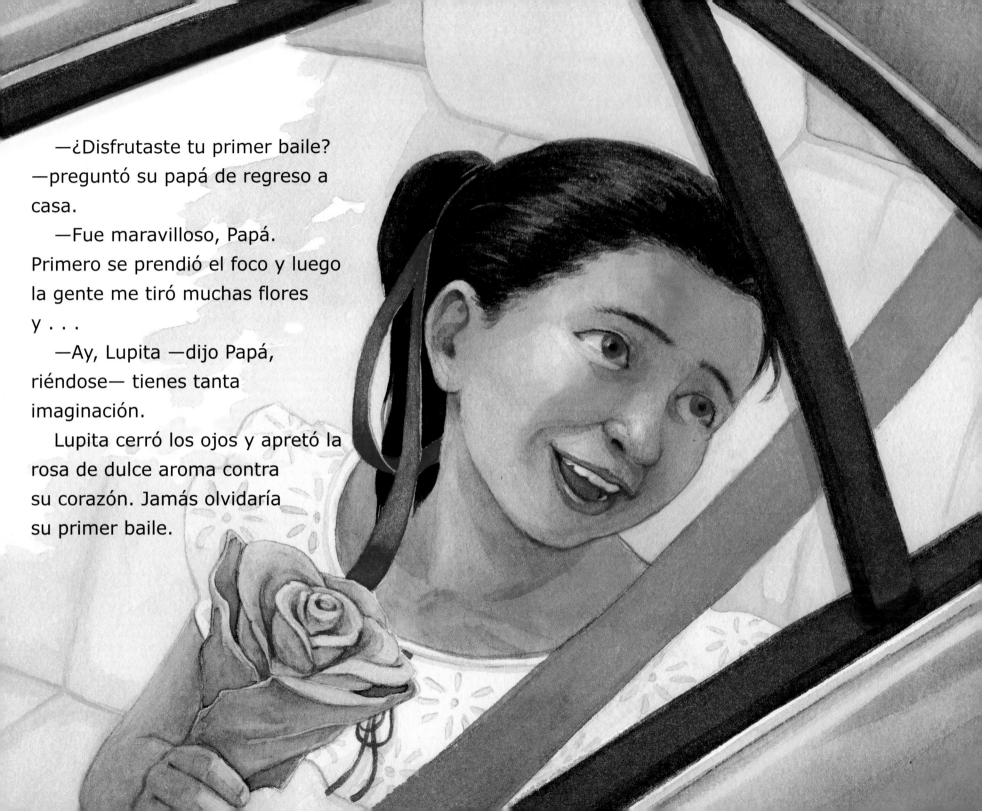

—¿Disfrutaste tu primer baile?
—preguntó su papá de regreso a
casa.

—Fue maravilloso, Papá.
Primero se prendió el foco y luego
la gente me tiró muchas flores
y . . .

—Ay, Lupita —dijo Papá,
riéndose— tienes tanta
imaginación.

Lupita cerró los ojos y apretó la
rosa de dulce aroma contra
su corazón. Jamás olvidaría
su primer baile.

Lupe Ruiz-Flores is the author of several bilingual picture books, including *Let's Salsa / Bailemos salsa* (Piñata Books, 2013), *Alicia's Fruity Drinks/ Las aguas frescas de Alicia* (Piñata Books, 2012), *The Battle of the Snow Cones / La guerra de las raspas* (Piñata Books, 2010), *The Woodcutter's Gift / El regalo del leñador* (Piñata Books, 2007) and *Lupita's Papalote / El papalote de Lupita* (Piñata Books, 2002). She is a member of the Society of Children's Book Writers & Illustrators and The Writers' League of Texas. She resides in Southwest Texas and has also lived in Thailand and Japan. To learn more about the author, visit her website at *www.luperuiz-flores.com*.

Lupe Ruiz-Flores es autora de varios libros infantiles bilingües, incluyendo *Let's Salsa / Bailemos salsa* (Piñata Books, 2013), *Alicia's Fruity Drinks / Las aguas frescas de Alicia* (Piñata Books, 2012), *The Battle of the Snow Cones / La guerra de las raspas* (Piñata Books, 2010), *The Woodcutter's Gift / El regalo del leñador* (Piñata Books, 2007) y *Lupita's Papalote / El papalote de Lupita* (Piñata Books, 2002). Es miembro del Society of Children's Book Writers & Illustrators y The Writers' League of Texas. Vive en el suroeste de Texas y también ha vivido en Tailandia y Japón. Para saber más sobre ella, visita *www.luperuiz-flores.com*.

Gabhor Utomo was born in Indonesia, and received his degree from the Academy of Art University in San Francisco in 2003. He has illustrated a number of children's books, including *Kai's Journey to Gold Mountain* (East West Discovery Press, 2004), a story about a young Chinese immigrant held on Angel Island. Gabhor's work has won numerous awards from local and national art organizations. His painting of Senator Milton Marks is part of a permanent collection at the California State Building in downtown San Francisco. He lives with his family in Portland, Oregon.

Gabhor Utomo nació en Indonesia, y se tituló en Academy of Art University en San Francisco en el 2003. Ha ilustrado varios libros infantiles, entre ellos, *Kai's Journey to Gold Mountain* (East West Discovery Press, 2004), la historia de un joven inmigrante chino detenido en la Isla Angel. Las obras de Gabhor han sido muy premiadas por organizaciones de arte locales y nacionales. Su pintura del Senador Milton Marks forma parte de una colección permanente en el California State Building en el centro de San Francisco. Gabhor vive con su familia en Portland, Oregon.